一棵树的

次仁旺久 著

XZCB 西藏人民出版社

图书在版编目（CIP）数据

一棵树的力量 / 次仁旺久著. -- 拉萨 : 西藏人民出版社, 2021.8
ISBN 978-7-223-06849-9

Ⅰ. ①一… Ⅱ. ①次… Ⅲ. ①诗集－中国－当代 Ⅳ. ①I227

中国版本图书馆CIP数据核字(2021)第113885号

一棵树的力量

作　　者　次仁旺久
责任编辑　计美旺扎　拉　珍
封面设计　罗桑扎西
出版发行　西藏人民出版社（拉萨市林廓北路20号）
印　　刷　拉萨金典印务有限公司
开　　本　880x1168　1/32
印　　张　8.625
字　　数　200千
版　　次　2021年8月第1版
印　　次　2021年8月第1次印刷
印　　数　01-1,000
书　　号　ISBN978-7-223-06849-9
定　　价　30.00元

序：我匍匐前行，叩拜远方
——次仁旺久《一棵树的力量》

南 翔

次仁旺久是我的藏族学生之一。

在 2000 年到 2004 年，我即任深大师院中文系教授期间，有一批藏族委培生来到师院中文系——之所以强调师院中文系，概因那时深大有两个中文系，除了师院中文系，文学院还有一个中文系。那时节，我担任了师院中文系系主任三年，深觉中文系的学生如果要拿到一张有形的毕业证书并非难事，同时还要拿到一张无形的软派司才算真正合格。这张软派司，我归之为三大能力：阅读能力，表达能力和写作能力。

无论写论文，还是搞创作，文字功底是一个中文系学生最见功力之所在。且能够集中呈现一个学生在大学四年所学（也包括从前的积学所成）的全部积累。简言之，如果学得好，其写作能力可以拢而括之；如果火力不够，则文章最难藏其拙。

无论在原本的江西大学（南昌大学）还是后来的深圳大学任教，搞文学活动，尤其是推荐学生发表作品，我都认为是份内之事，乐此不疲。在深大我与市群艺馆（后改为文化馆）的《文化天地》搞过两三次深大学生小辑，更与当时任《广州文艺》主编的文能，联手搞过两次“深大学生专号”——不是专辑，是两期整本全为深大学生作品。不夸张地说，全校应有数百学生的处女作，是经过我的手发出去的。

藏族学生次仁旺久引起我的注意，也是一篇处女作被推荐发表。

他这样描述过自己的写作经历：

在大学期间，学校征文大赛“六月风”中，我的作品《转经路上的故事》获得一等奖，受到南翔老师鼓励和重视，该作品被推荐发表在深圳《文化天地》上，这是我的处女作，自此埋下了一粒文学之梦的种子。经南翔老师推荐，我的作品《生命之河》入选 2005 年花城出版社出版的全国大学生文学作品集《木吉他的忧伤》。大学毕业后我返回拉萨，在《西藏文学》2009 年第 1 期上发表中篇小说《重回南方》，作品主要讲述西藏学子在外求学生涯，学习生活、爱情友情及自我成长的故事，得到了时任《西藏文学》主编次仁罗布老师等的好评。

次仁旺久肤色黝黑，身手矫健，一双眼睛清澈而深邃，带着高原民族特有的精干劲儿。

他自小喜欢阅读文学作品，上了大学之后，因读的中文教育，开始涉及中国古典诗歌，国内外现代诗歌等，比较喜欢的诗人有中国古代的李白、杜甫、李商隐、苏轼、辛弃疾等，近现代戴望舒、徐志摩，当代的海子、顾城、食指和舒婷等；他对诗歌的理解是“诗歌是个人情绪的一种控诉”，这种“控诉”即是个体对外界的一种反映，可大可小，大可谓一种处于悲悯之心的教化，传递和宣扬“真善美”的理想诉说及表态；小即纯粹的个体情绪和意识的宣泄。他喜欢阅读的中外作家还有马尔克斯、村上春树、余华、阿来、次仁罗布等。

或许因为大学本科给次仁旺久留下了持久的感受与生发，他又陆续写了不少诗歌，拟结集《一棵树的力量》之时，想到由我给他写序。

我一边阅读，一边想起自己在念大学前、当了七年铁路工人之际开始写诗，那时的新诗内容自然打上了一个特定时代的烙印，乏善可陈，有一条却是后来的各路年轻诗人或许不该忽略的，必须押韵，不押韵的诗是发表不了的。现如今诗歌大可百花齐放，押韵不押韵并置，个人抒怀或宏大叙事同列。但是，懂一点押韵总是好的。

次仁旺久的诗集《一棵树的力量》由六个章节组成。以歌咏时代、岁月感悟、故土人情、悲悯之心、诗和远方、灵魂呓语为其立篇谋章，通过作者个人日常生活中生发的情绪及生命感悟为切入口，真切地表达个体生命中的欢乐与哀愁。与此同时，一些篇什着眼家乡风土人情，着墨和谐的人文与自然环境，直接或间接地讴歌了新时代的奋斗者，颂扬了民族团结与社会发展，由衷地表达了对美好生活的憧憬与颂扬。

无论诗歌还是散文，绘影绘声地表现亲人的面目，都是中外作品中不可或缺的主题。诗人在一首《父亲》中很真切地表达了大家都能感受到的父亲的共性，同时又有他独特的个性，除了看电视打盹，下厨房以及与旧相识聊天，父亲还会：与母亲吵个嘴 / 像个叛逆期的孩子 / 父亲 走在路上 / 低着头 沉思着什么 / 他不再伟岸 / 甚至有些孤独 / 而我紧随其后 / 看到了自己的童年。诗人用生活细节勾勒父亲的晚年，一如画家用线条描绘人物的轮廓。我想起了深圳剪影非遗的传人刘斯培，他原先在民俗村，后来在南头古城给人剪影，多则分把钟，少则三四十秒，一帧惟妙惟肖的人物轮廓剪影便完成了，令人啧啧赞叹。诗人笔下不再伟岸的父亲，孤独的父亲，常与母亲“无事生非”的父亲，令“我”看到了自己的童年。

人老如孩提。我的 97 岁的母亲前一段骨折了，令我姐弟及孙儿辈焦虑万分、又伤透脑筋，只有不断鼓励她，看到她多吃一点，多睡一会，多站一阵，都不吝鼓励之词。因了耻骨深度骨折，连康复科的医生都断言她恢复不到以前站立且行走的水平了。我们则坚定信心，要让一位向百岁目标日益靠近的老人顽强地站立起来。我们的坚持，也敦促了她的顽韧；我们的决不放弃，终于在撰写此文的今天，老母亲自己要求拿过她以前代步的助行椅子，一步一步地迈步行走了。

故乡也是诗人或作家经久不息的创作母题。诗人的故乡因在很多读者未能履及的雪域高原而容易陌生化。写此文之时，我的老友蔡伟通过微信发来几张高山湖泊的图景，并配文字说明：萨普神山，顶峰海拔 6956 米，我们来到了山下仰望，行注目礼。次仁旺久在墓状雪域高原的冰寒之外，更用心灵去感知故乡的脉率：时间久了 / 能够触碰故乡的 / 剩下这满口的 / 碎碎言语 / 这些言语 / 幻化成了故土 / 一寸又一寸 / 清晰又模糊 / 这些言语 / 幻化成了故人 / 在生与亡的边界 / 熟悉又陌生 / 这些言语 / 幻化成了血肉 / 断断续续 / 生长且流动 / 时间久了 / 一张嘴 / 空气中的言语 / 是故乡 / 最后的喘息。

将熟悉的风景陌生化，将陌生的风景拉近距离，这是诗人的惯技，或许不足为奇。诗人添加的想象酵母，是将故土故人这样的实景，用言语、血肉和喘息来度量、交换与互相嵌入，由之产生了很大的艺术张力。

次仁旺久的的诗集，多为单篇短制，却也有组诗，最长达十首的组诗是读仓央嘉措。

仓央嘉措是十七世纪西藏最具代表性的诗人，写了很多细腻真挚的诗歌，其中最为经典的是拉萨藏文木刻版《仓央嘉措情歌》。次仁旺久吟咏道：你我把身体安放在黑暗里 / 却祈求灵魂得到光的照亮 / 你摊开一张白纸 / 漂亮的黑字 / 拟写关于暗和光的传说 / 如同创造自身 / 你曾感受过月夜 / 银光荡漾的宁静里 / 深感一切陌生 / 值得含泪相思……当代诗人在感受另一位隔了多少代的诗人，这是具象地扪触，又是抽象地生发。在这里，白纸、光、（月夜）的银光，是一个宁静的大背景，身体、灵魂以及泪眼相思，则是时空交融中的意象，既清晰又朦胧，既纯净又混沌，既细腻又粗粝。或许人生、时代和历史的嬗变，就是这样的互为矛盾而统一。

在某种意义上，经幡可说是藏族的图腾，有三种之多，经幡也是作家或诗人喜爱的表达与寓意。我的老友、著名报告文学作家徐剑就曾送我一本他的长篇非虚构《经幡》。次仁旺久有一首《五色经幡》，我也喜欢：藏历初三 / 五色的经幡 / 在祈福中 / 再次与风同行 / 看着天晴日丽 / 一串颜色 / 从久远的年代 / 不断重复的时光中 / 从未远离我们的生活 / 蓝天 白云 红日 绿水 黄土 / 一条线的世界 / 清晰可见 / 那是家园的温情 / 风起 / 五色经幡在吹 / 与神灵同在的 / 永远是纯净的自然。

经幡作为福运升腾的象征物，每年都要换新。换新的日子不能随意选择，它是根据藏族历算，选择在藏历新年初一过后某一个良辰吉日。这天早上，家人都穿上节日盛装，聚集在楼顶，举行一次隆重而欢乐的插经幡仪式，藏语里这个仪式称为“托随”，意为祭神祈福仪式。

祈福仪式是神圣的，尽管祈福的内容或许不能免俗，正如去寺庙拜佛者，哪能罔顾嫁娶生育，或迎考试、出远门、登仕途……诗人眼中的五色经幡，蓝天共白云一脉，红日与绿水相俦。这里是俗世也是净土，这里是肉身也是精神，这里是当下也是永恒。

诗人还很年轻，诗人还有更多时间在高原、雪域、故土、家园盘桓、体察与思考。

期待次仁旺久更多佳作绵绵而出。

引诗人《朝圣者》一句为序题：我匍匐而行，叩拜远方。

目录

序

001 · 序：我匍匐前行，叩拜远方
——次仁旺久《一棵树的力量》

歌咏时代

003 · 关于你们的名字
005 · 将军墓
007 · 缩影
009 · 致敬奋斗者
011 · 致青春
014 · 易贡的傍晚
016 · 雨中的鲁朗
018 · 夜宿加查

岁月感悟

023 · 三月的花
025 · 六月的拉萨
027 · 今夜开始秋意渐浓

029 · 六月的回忆
031 · 城里的阴天
033 · 最后一天
035 · 炎热之夏
037 · 雨水丰满的七月
040 · 暂别九月
042 · 冬季短歌
048 · 太阳与四季
052 · 再谈冬天
054 · 五月的门
056 · 六月的小孩
058 · 七月
062 · 七月的氓
064 · 无题
066 · 八月
069 · 迎接元旦

故土人情

073 · 等你归来
075 · 我的四个兄弟
077 · 大海啊 也是故乡
081 · 重回故土

085 · 回家
087 · 出生
089 · 童年
091 · 远行
093 · 远方的西藏
095 · 渡
098 · 为你取名纯净之湖
101 · 想念青稞
104 · 这夜，留给我的兄弟
107 · 父 亲
110 · 故乡
115 · 青铜之城
117 · 白银之城
119 · 黄金之城
121 · 如果你是一朵花

悲悯之心

125 · 前世今生
126 · 信仰
127 · 他的月亮
130 · 青禾到枯槁
134 · 湖与面具

136 · 冬天
138 · 有个远方叫理塘
140 · 南方的门隅
142 · 童心未眠
144 · 羌玛啦
148 · 遐想黑暗
151 · 终章
153 · 五色经幡
155 · 它们或（一种生命自带的希望）
158 · 仰视的那面山
160 · 朝圣者
163 · 礼物
164 · 五色风马旗
168 · 一抹尘埃

诗和远方

173 · 过客
175 · 囚徒
176 · 偶尔
177 · 我
178 · 另一种理想
180 · 光中的尘埃

183 · 窗角的桂花树
185 · 夜雨
187 · 闪电
189 · 无题
192 · 光（外三首）
194 · 献给诗人
195 · 吹捧（外三首）
197 · 点滴人生
200 · 一棵树的力量
203 · 习惯
205 · 北上
207 · 为你写诗
210 · 如果爱

灵魂呓语

213 · 距离
214 · 陈旧的皮夹克
216 · 小确幸
218 · 晚餐后的散步
220 · 老狗
222 · 甜茶
223 · 在一首歌里

225 · 心燥
227 · 一只猫咪的九条命
229 · 爱情
231 · 病痛
234 · 梦到老虎
236 · 一个悲观主义者的未来遐想
237 · 过眼云烟
239 · 手机里什么都有
241 · 关于梦的记录
244 · 傍晚的易拉罐
246 · 吃羊肉
248 · 买菜
250 · 醒来
252 · 虚弱的记忆
254 · 干脆一点多好
256 · 水烟
258 · 记一场感冒
260 · 后记

歌咏时代

关于你们的名字

——致国家教育行政学院 5102 所有同学

遥想当年　世良陪随

唯（伟）春可喻的美丽公主

开时光之洪元　着百姓之福泽

身带父王恩赐的方玉

念想敏俊的藏王　定文武双华

为爱 也为民

远离金色国殿　万里入蕃

其勋如熠熠星辉

从此　佛的朝晖

永洒这泽民的高原厚土

从此

涛济的雅鲁藏布江

有了前世的沉梦

碧峰的南迦巴瓦山
有了今生的壮美

从此
高原秋空含的巧月　更加皎洁
羌塘春露抿的新萍　更为嫩绿

从此
藏汉两族共晓（小）荣
愿这份历史沉淀的情缘
永永久久　生生世世

将军墓

——致谭冠三将军

秋天　艳阳高照
我站在墓碑前
看见将军　戎马一生
那坚定的目光
追随信念的苍鹰
依旧翱翔在
这高原的崇山峻岭中

您依恋的土地
坚毅而厚实
苹果园的故事
正一代又一代地传唱
看见将军 俯下身子
种植希望

如今
桃李不言　自下成溪

站在碑前
我知道
爱和信念已经
与同您的精神
深深融入到这脚下的土地

我死后，请把我的骨灰埋葬到西藏
一生挚爱的土地
永远会是您
长眠的家园

缩影

十年前
这　还是一片菜地
到处都是棚子

走过的每一处
夏季泥泞
秋冬尘土飞扬

时光恍然而过
没有任何预兆
一切欣欣向荣
破茧而出
像一场场梦幻般的
魔术表演

不知什么时候
突然遍地隆起

无数大厦
不知什么时候
突然车水马龙
川流不息

不变的春秋交替
古城换新貌

而我已然成为
两个孩子的父亲

新时代的缩影
镶嵌在这古城的
每个角落
乃至生命原始的
颤动之中

致敬奋斗者

穿过城市
流动的景象
或者端坐在某个角落
如同停顿的时光

融入或者旁观
体验生命的涌动

凌晨星辉中的清扫者
破晓的菜市场
清晨的车流和上班族
烈日炎炎下
工地　汗水与工人
夜幕灯火璀璨
共舞的饭馆、酒吧

春天的鲜花赠送者
夏雨中的快递哥
秋收田埂上朴实的身影
入冬后纷沓而至的
远方牧民（售卖畜产品）

他们簇拥着　奋斗着
在城市古老的底色
流动着时代鲜艳的
生命之光

生生不息地繁育
岁月定会给予奋斗者
最高的礼赞

致青春

——送给毕业生

青春是光影
在欢笑中流动
短促的时光
再次迎来毕业季
看着一个个熟悉
且生动的面孔
那春的活力
弥漫着　飘散着

青春是未来
在渴望中迎来
漫长的路途
等待勇敢的战斗者

一个个远去的背影
定格在某个角落
那春的记忆
停留着　驻足着

像颂扬这初春的小花
一样歌颂青春
美好与纯洁
绽开的细密而自然

像颂扬这高原的暖阳
一样歌颂青春
炽热与明朗
照亮着阴暗与窘境

像颂扬张开的翅膀
奔跑的气息　涌动的血液
一样歌颂青春
青春是一切的开始
青春是希望和未来

青春是你们
纯洁的眼神
诚挚的情感
坚定的信念
开拓的勇气

歌颂青春的美好
就是歌颂
生生不息的战斗

易贡的傍晚

初夏的茶叶睡在田埂上
还未醒来　那些嫩绿的
细小的尖叶　裹藏在山谷

绿意盎然的林间
不时传来阵阵的
小鸟的鸣叫
马儿和牛儿随意地
踏着松软的土地
偶尔凝视远方
在这　时间失去了意义

我蹲在路边
感受这片寂静
似乎蹲在纯净之水中

只剩下　飘虚的灵魂
游移　搁浅
如此　虚幻

看着远处山头的积雪
它们无比地遥远
却又如此地接近
这无人问津的傍晚
我与这世界
成就了某种默契

雨中的鲁朗

临近一场细雨
踏入鲁朗
走进那些错落有致的
民宿　干净而整洁

主人谈起他的两个儿子
一个在藏东　一个在圣地
这也是个幸福的家庭
暖暖的酥油茶香
飘荡于午后　正在抵达
每一个雨中的心脏

我下到庭院
看着与山相伴的青草

滴落的雨水

把一切变得更加洁净

一只窜出来的小猫

在屋檐下细心地洗脸

看到陌生的人儿

再次羞涩地跳进

那温柔的雨水中

不知所踪

夜宿加查

经过一天的车程
疲惫的身躯
暂留在加查
当年公主　也应停留此地
夜是漫长的
像脱落的历史　遗留的石头
像那些坚硬的梦

世世代代长在同一个
土地
世世代代留在同一个
梦里

他们说　盐巴变成了石头
石头流出了盐泉

在加查的夜里
石头变得更加沉默
这沉默正在抵向
遥远的那些故事
遥远的那些人

也许　加查的石头
知道
一切只是不断重现
一切不过过眼云烟

岁月感悟

三月的花

三月的花
开在清晨的怀里
柔弱如婴儿
纯真如婴儿

白色的花瓣
在轻柔的晨风中飘落
化入泥土

三月的花
沐着高原的阳光
爬满枝头
密密麻麻

细小的花瓣
簇拥着灵魂和身体

守护彼此

三月的花
先行的使者
在短暂的旅途中
迎接真理

寒气未消的大地
三月的花
装饰陌生的梦
向着迷途的人

三月的花
寂静地长眠
又绚烂地行走

六月的拉萨

阳光穿透树叶的六月
雨声浸过黑夜的六月
瑞雪亲抚远山的六月
姑娘爱上古城的六月

拉萨的六月　充满奇迹

城市车水马龙的六月
满眼钢筋水泥的六月
人心躁动不安的六月
与友惜惜相别的六月

拉萨的六月　也有
些许伤感

六月的拉萨
是李白天马行空的诗
是易安忧伤的词
是莎翁悲喜人生的剧

更是仓央嘉措
代代相传的歌

六月的拉萨
是你　昼夜不息　生命流动的一丝点缀
我的朋友
更是我　生生世世　灵魂孤寂的一点安慰

今夜开始秋意渐浓

今夜，我能闻到窗外
树叶变枯的声音　没有停顿　也无反复
就像流水的时间和你眼角的褶皱
悄无声息　却又恍如隔世

今夜，窗外依然有些躁动
那应是夏末最后的余温
挣脱折回　奄奄一息
就像所有童话的结局
冷却在虚脱的梦里

今夜，城市终将眠去
不会留下任何尘土飞扬的气息
星空下的远山和灯火中的人
一样的忧思　镶嵌在灵魂深处

今夜，开始秋意渐浓

风会如期而来　从更远的地方

思念渐远渐稀　回归故里

一场生命将会再次轮回

六月的回忆

六月是纯洁　没有声色
寂静的夜雨　漫步整个城市　独自回归
带着过于仓促的疲倦

几十年前　从一个小城启始
一路憧憬美好　也一路疼痛与不安
那时很小　像秋空中的一抹飘云
心中满是蓝色的梦　无边无际

那时六月是庆幸的　有童稚的笑语
后来　再后来　岁月在体内沉积
加重了尘世的思虑　远离了泥土
远离了天空　远离了一切纯真的事物

只是偶尔会怀念　那些或清晰或模糊的六月
与同小小的身躯　稚嫩的心
仅为某种自我的仪式

六月的夜雨　无声无息
总会归来　独自的　心绪凝重
而那明眸皓齿的孩子
静静地站在
岁月的祭台上
不断在沉沦中长大

城里的阴天

春天的二月末
心绪突然冷却
远方可能下雪
城里的阴郁
就是一种表达

丰富多彩的形式
充斥着城里的生活
表达我们沸腾的热爱
热爱单调　热爱平凡
热爱虚情假意

街上流荡的春风
暗藏冬天的冷气

一个年过半百的乞讨者
脸色严肃
一条摇尾乞怜的小狗
被他呵斥

眺望远方的天空
阴暗的云里
我看见雪花
在自由碰撞

最后一天

一切琐碎的不幸
像昨日的尘埃
早已烟消云散

只是一些怜悯的心绪
需要一种终结的仪式　然后
迎来一场脱胎换骨的春天
颓废的枯枝需要再次茂盛
阴暗的冰雪等待无声消融

最后一天
我们将自己归结为神灵
可以坦荡地抛却
也可以轻松地拾起
好像一切与己无关

喜暖候鸟重复飞过的晴空
万里无云
多少往事纷至沓来的心海
波澜不惊

其实　每天亦是如此
最后一天
彼岸在狂欢
神的过往
从未有过时间的束缚

炎热之夏

这酣畅淋漓的炎热
云压的很低
没有任何移动
我们确实接近太阳

我坐在街角吹风
有南方温热的味道
却不够潮湿
嘴唇有些沧桑的干燥

时间下午四点半
我该买瓶冰凉的矿泉水
漱漱口中的燥苦
去接迎我那可爱的未来

这个夏天

城市车水马龙　人群涌动

我们如此无畏

也如此麻木

终会迎来

那欲望般滚烫的

炽热未来

雨水丰满的七月

七月有雨
并且雨水丰满
我静默着
等待
整个七月
一场又一场的雨

七月有雨
并且雨水丰满
是一个喝茶的老人
抽着劣质的烟
颇显得意地告诉了我

七月有雨
并且雨水丰满

待产的孕妇
在雷雨交加的夜晚
走进产房　等待临产

整个七月
我都在等待
等待一个预言
我将回归草原
我将迎接新生

整个七月
雨水丰满　昼夜绵延
我在草原腹地
圈着牛羊
等待

天空深处的雷声
化成雨水
滴落到这虚无的大地

整个七月
喝茶的老人
依然喋喋不休
待产的孕妇
依旧接连不断

而我　在一座陈旧的城里
等待　一场无比丰满的雨

暂别九月

九月　躺在我的怀里
像个幼童
露出晶莹剔透的乳牙
呵呵地笑着
不愿起身

九月　从庭院里跑进跑出
来来回回
时而阴雨绵绵
时而晴空万里
我说“今年，九月变了”

九月　有些羞羞答答
藏在一株父亲栽下的桃树下
听到甘甜的小桃熟了
嫩绿的枝叶还在往上疯长

九月　面露惊讶之情

看着庭院深深 不知何时

花儿再次爬上枝头

光下娇艳欲滴

九月　懒懒地倒在午后

酣然入梦　我轻手轻脚地抱起

放到巷口温柔的风里

任随飘向空中

九月　安安静静

天变的更深更蓝

云飘的越远越淡

我挥舞着手臂

暂别那一抹的思念

冬季短歌

1.

冬天　临近了
原野上　开始飘荡
寒冷和风

众神点燃篝火
跳起了长长的锅庄
歌声和谐
舞姿优美

候鸟南飞的夜幕下
孤独是只野狼
喜欢独自走向北方

2.

城市周边的群山
开始暗淡
露出了寒冷的石骨

冬天　不留情面
欢腾的河水
降低了流速　甚至凝固
像死亡前夕的祈祷

生命最后的沉思
除了记忆交错的悲喜
仅剩孤寂

3.

冬天　夜色寒冷
对杯取暖
是各自人生悲喜
只是浑浊的瞳孔
做了精准的取舍

离开灯火通明的酒舍
离开熙熙攘攘的人群

最后　一个人的回途
天地宁静
萧瑟的季节
依旧默不作声

4.

冬日　阳光无邪
岁月也可以
天真如孩童
嬉笑着抵抗寒冷

与光同尘的世间
每一个冬日清晨
愿我们都能
享受如奶的阳光
绵柔而温和

即便冰冷依旧
即便春天还远

5.

在别人的城市里

过一种冬天

清晨和暮后的风

比寒冷本身犀利

至于白昼的天

迷雾消散处

一片薄薄的火红

奄奄一息

那炽热的太阳

也仅在高原

自由地晃荡

6.

愿在漫天飞雪的

最后冬季

迎接初春的气息

像凤凰涅槃

一场生命的挣扎

无常而反复

那株草

此时深埋在黑暗的地底

积蓄寒冷

和仅有一次的美丽

太阳与四季

1.

黄色的秋天里
一排排
臃肿的谷穗
低垂着头颅
向着太阳致敬

青稞熟了
太阳等待收割
这逝去温润的土地

2.

故作姿态的沉默
掩盖冬天的悲伤

一轮季节的终结
以另一种形式
唤醒　对生命的胆怯

所以　太阳
被崇拜
寒冬里的人群
为各自而生

3.

新的朝圣者
来自初春
它们朝气蓬勃

远处的山坡上
流动偏执的牛群
恣意地冲撞虚幻

太阳　依旧高高挂起
河水苏醒　唱着赞歌
沿谷的花花草草
随波逐流　熙熙攘攘

4.

乌云笼罩
撕开裂口

太阳终于隐没在
空洞的天地间
人群在渴望
谷物在渴望

一场湿淋淋的驱逐
那一刻
世间显得相对真实

再谈冬天

寒冬　深处满是雪原
白皑皑的岁月
围着短暂的篝火
取暖的青春
脸色苍白　嘴唇干涩
那些破碎成疾的语言
遮挡了记忆

余下温暖　走散
当再次出发
裹进凛冽的寒风里
各自的背影
都有些不自然的冷漠
寒冬　的确给
每个远赴的灵魂
披上了孤独

冬天还会来
我们也可能重聚
篝火也会重燃
只是那孤独
也会更加深入骨髓

而话语上的
虚无与疼痛
使得我们不断地
在各自的冬天
积重难返

五月的门

她站在五月的门口
目送我和怀中的小女
像所有的母亲
温暖如河　安祥如云

在过多的岁月里
她用柔弱的生命
守住那五月里的门
一次次目送我远行
顾虑我的旅途

她依旧站在那里
在五月的夕阳中
喜悦且沉静
她赐予我的力量
像夜色里的星辉

坚毅让我行驶
而悲悯
让我找到了方向

告别母亲后
女儿趴在怀里
咿咿呀呀地笑着

五月雨后的清香
从每个　门前道旁
青草深处　悠然飘来

六月的小孩

六月的小孩
很瘦　像一根麻杆
又细又长
他的远方瘦了
他也瘦了

六月的小孩
很黑　就像黑夜
早早逃离
他曾爱阳光
也被阳光灼伤

六月的小孩
站在空旷的广场
看着那些满脸的横肉
走动的言语　暴力诡秘
那不是他听得懂的

哭红了眼圈

六月的小孩
穿过熙攘的街道
他背对着回望
稚嫩的脸庞　拥挤嘈杂
在行走的躯体中
像个碍眼的伤疤（来自灵魂）

六月的小孩
他变得又黑又瘦
他想把
黑还给太阳
瘦还给远方
把他自己还给自己

七月

1.

这空濛的世界
我走在七月

云开始密布
雨要下
像一群走兽
归向欲望

谁是远方的牧人
只能歌唱

2.

那树　灰色的麻雀
栖息过
在遥远的初冬
像首诗

叽叽喳喳
葱绿的七月夏天
突然杳无音信
也许忘了这个世界

的确想念它们
曾经风华正茂

3.

此时此地
一个诗人和
一群高原的波斯菊
正在芳菲

有个漂亮的名字
叫作张大人
盛夏雨涨
一切却又寂灭
如同糊涂的过往

站在七月的雨中
忘了季节

4.

七月啊
我点根烟给你
像无数次的
见面礼

夜里有风
远方河水在涨

我如何
归向故里?

七月的氓

雨下的很大
一个晚上
接着一个晚上
七月很萌

我们的故土
七月很萌
迹留的岁月
我听着传说
很萌

如此如此
歌里唱着风雪
我很萌
世界很氓

如此如此
杯中满是故事
酒很萌
世界很氓

七月的氓
苍茫且现实

无题

秋　回归大地
金黄的羽翼
塞满每个角落
像城市流浪的
心脏

如果阳光温暖
有人驻足仰望
感受这满眼的金黄
像自己燃烧的
年岁

风起　叶落
很快枝丫孤冷
剩下的只是
陈旧和消散
就像每一位逝去的

故人

天渐冷
空气里已有远方
初冬的味道

这短暂的秋天
像人生的某些时刻
不经意的到来
却也要决绝的结束

八月

没有人注意
八月匆忙的结束
那些攒动的人群
举着头颅
涌进下一个自然的
月份

八月里诞生的故事
就在八月里死去
没有人愿意深夜里
举着追忆和沉思的酒杯
为八月买醉

岁月的指缝中
曾经发生的无数个八月
尘封　如同破落的庙宇
谁曾在八月里呱呱落地

谁曾在八月心生爱慕
谁在八月里陷入了命运的
囚笼　从此无可自拔

一切被匆忙裹挟
八月　也是如此
也许有人还会回头
怀念
一些擦肩而过的人
给予过的恩赐
一些点点滴滴的事
如酒后的落寞
或者
继续要远行的悲凉

八月会重复发生

而我们

会戛然而止

所以

再次举杯

致敬八月

迎接元旦

穿着黑色　随性的礼服
独自面对巨大天空的欢宴
那些点缀的灯　流动的光
是多少黑夜和黎明间的
疼痛与弥合

迎接一个时点　近距离地窥视
自己和另一个自己
让它们相安无事　枕着彼此
悄无声息地在互置的黑夜里
走动　喘息和捕捉

迎接一个时点　纯粹地迎娶未来
爱上　然后记忆被黄昏弄得
陈旧　独自走出　让潮湿引向　漂流
悄无声息地在另一个未来

远足　消磨和泯灭

迎接一个时点　相互依偎和告别
从此独自踏上征途
满山的鲜花和荆棘　似曾相识
只是沉默与寡言　代替了昔日的
纯真　悄无声息地在光中
滑翔　无畏且漠然

终究要　迎接　像场生死间的
时光黑洞
穿着黑色　随性的礼服
独自走出黎明　迎向灼热的天际线
那些五彩的云　展翅孤独的鸟
也曾疼痛中无数次苏醒
身上光彩始终在断续中弥合

故土人情

等你归来

——致友 SMD

青稞已收完
从远方
一路的消息
淌过这寒冷的冬天
此时才到达
这城市的深处

初春
时间正在变暖
而我一直等待的兄弟
你依旧未归

思念是疼痛的
因为一种关系

我知道　诗给了你另一种灵魂
更为纯真和高贵

我知道你依然潜行在没有远方的路上
但请相信
我依然会用最为自然的虔诚之心
等待你归来

我的四个兄弟

我的一个兄弟
喜欢躲进夏日的夜幕中
与秀色相聚　与酒共舞
丢下他的寂寞与孤独

我的一个兄弟
喜欢留在秋日的长风里
迷醉于诗歌　郁郁寡欢
张扬他的个性与才情

我的一个兄弟
喜欢扣住冬日的暖阳
慵懒处理公事　平淡无味
感慨他的浮躁与无奈

我的一个兄弟

喜欢游移春日的美景

痴迷游戏世界　南柯一梦

纵容他的自由和潇洒

大海啊 也是故乡

1.

望着坚硬石头　大石头
托着祖先的梦　很久很久
在大海里沉睡
在高大的石头中
一层层咸湿的痕迹
像秘密　停止不动
曾经的故乡　它停止不动
如坚硬的石头　像孤独　一处又一处

今夜　我在你旁边
听你的涛声　入睡
犹如好几亿年前
枕着你的温暖
思念那些遥远星际中的亲人

2.

你不曾改变
像遥远的思绪
只是冻结在时间的潮水里
听你上岸的脚步
像几亿年前
在世界的另一个地方

改变的只是我们
不断的繁衍
不断的挣扎
不断的衰老
不断的失落
乐此不疲

3.

很久以前　见过黑色的海

是没有月和星的海

像矗立的巨大怪兽　吞噬你的恐惧

倾盆而下的压迫感

自己如蝼蚁　无力抗拒

多年后的梦里　它依然如故

一直未曾离去

唱着黑色的歌谣　等待归途的游子

4.

只是那涛声

像幽灵

不管是白天还是黑夜

永远飘忽不定

或近或远

在那涛声的泯灭中

不断冲刷的
何止是那白色的沙滩
是父亲的酒　母亲的音乐
是我刚刚长出的乳牙

是风中的废墟
是坦荡岁月里的传说
也是历史深处的哀嚎
是孤独的野性
在光阴的流逝中
不断禁锢于谎言牢笼的
一出荒诞喜剧

重回故土

1.

秋末
田间开始打烊
收割之后广大平原
裸露着最后一点欣喜
打麦场上
再次见到母亲
曾今的喜乐和生活的奔波
那些年复一年的劳作
同样没有太多改变
而我许久
没有踏过这片土地
它们是否还在惦记
我们曾经的相识和相知

2.

车窗外

穿过一片又一片金黄的麦地

穿过一节又一节的荆棘丛

那古老的宫殿

依然如铁石般矗立在

青褐色的石坡上

如同岁月的深处

行随童年的幻想和欢乐

不可磨灭

只是与世俗越来越近

与天性越来越远

3.

也许因为接近冬季
年河已没有想象中的凶猛
只是还记得父辈们口中的水患
以及那些年
父亲东西奔忙的背影
踏实却又陈旧
而今　剩下的仅是鬓鬓白丝
却与这个浮躁的世界
如此显得格格不入

4.

在快速行驶的车里
突然眼入外婆的那座土坯房
很远又很近
生命就是时光的过客
幼小的我突然年近不惑

不知应该为此欣喜

还是悲伤

曾经的她们

是否一样无奈与挣扎

5.

路还是那条路

山还是那些山

河依旧平静流畅

一切没有喜怒　一样没有哀乐

只是少了点温存

重回故土　却已变为他乡

也许因为时光的每一处

我们所系的爱

正在渐渐消失

回家

趟着这年末最后一丝寒冷
人们东西南北地跑
就像动物迁徙　候鸟南飞
寻找温暖　归家就是一种仪式

这冬日暖阳下的古老城市
到了此时
也会变得静谧而些许的落寞
那些背井离乡的人们
再次踏上了千山万水的归家之旅

归后空荡的城市　也有归来的人
每一片土地孕育着相似的温暖

曾何时　岁末年初之时
急着一路西行　归向大山
绵延起伏的石头　漫天飞舞
整个天空　布满了温情的阳光

待此时　这城一草一木
都有我的记忆　日常且繁琐
人们喜于远旅他乡之时
不再离开　就是回家

出生

我看见隆起的太阳
光斑在蠕动
她神色憔悴
但也心怡

出生总会降临
除了阵痛
没有任何预兆
她开心地咬牙切齿

换取一切的啼哭声
没人问询来处
我迷失在解脱中
无法言语

然后

我被布裹起

我被奶喂饱

我被身上流动的污秽

开始缠绕

我开始习惯咿呀

开始习惯爱

神圣且自私

开始承认自己的愚昧

出生像宇宙中的黑洞

吞噬后再次等待　爆发

一场短暂的旅途

即将启程

童年

夜里　无法入眠
总会回到同一个地方
山上有宫殿
河道有泥沙
有时夜里　我趴在父亲的
背上　在回家的途中
看到诡异的人和事

我会窜到屋前的菜地
被好斗的白色公鸡追啄
会循着模糊的记忆
找寻回家的路　母亲的身影

我开始看到死亡　和别人的痛苦
开始踌躇　害怕及恐惧

我会照看屋前的紫红色的
能结果子的荆棘植物
跟随我不断在岁月里成长
开始翻阅书籍　接触所谓的真理

童年定有年幼的　纯真欢乐
有鬼魅　只是日渐消散
有疼痛　早已沉在深处

是的　夜里　像个孩子
无法入眠　童年
才会像一盒有符号的饼干
被我充饥（细嚼慢咽）

远行

第一次　未能踏出
青稞肯定在秋天里翻滚
冷风早已袭击
冬日里的村庄

但透过迷雾般的岁月
和残存的人生经历
回头望去　也许那是一场遗憾
春天在另一个山谷等待
而我放弃了赴约

但双脚终究要选择离开
一次比一次更远
黑暗里向着星光
旷野上的风

是残酷的自由
从此　必将孤独一人

身体在秘密生长
消减了灵魂的苦痛
当停止时间的流动
真正的远行
从脚下　转向

没有远方　没有界限
幽暗的生命银河里
一个人的　远行
必将在一个人的
孤独的体验中

远方的西藏

——致友 YD

时节已到
但依然没有秋的影子
你却在深夜的最深处
又一次准备　默默地远行

你爱这片土地
所以要离开　无数次
无数次远远的走出
或许是想更加清晰地
看到彼此

你的书　就在灯下
书里写满了你的西藏
它就像远方孤独的石头

让你疑惑　也让你欣喜

声音有些嘈杂
酒在摇曳
我们一生始终都在寻觅
一种自我的救赎
想逃避所有的枷锁
甚至地上的青稞
或者记忆中的那片村庄

所以　我们一直选择远行
也许离开了
才能更加真切地感受
这片土地和它的温暖

渡

——致阿玉

穿越整个城市的
微微晨光
每一天日出之前
我们要出发

一路都是她的
奇思妙想
这是一天最好的旅程

我们一路同行
天上的启明星
欢悦于最后的歌舞
它最爱的舞裙
在闪闪发亮

飘雪中的树枝
正在接收命运的魔咒
因为它们的年岁
突破了时间的界限

夏日的细雨
是哭泣的仙女
滴落的眼泪
每一滴伤心欲绝

秋天风中的黄叶
是飘向我们的飞毯
是某个遥远王国
寄给她的神秘信物

还有春天
路旁的每一朵花
都有一个公主的名字
还有一段传奇的故事

偶尔还会遇见凶残的恶狗
阻挡我们前进的路途
她那充满爱和宽容的魔法棒
能使种种化险为夷

还有我
是她　童话世界里
需要渡劫的
那个黑色的孩子

为你取名纯净之湖

——致玉措

高原上的湖泊
是纯净的
就像你出生时的眼睛

和你对视的每一个瞬间
我如站在
那碧波荡漾的湖边
是许久失去的宁静

当我用双手抱紧你的时候
紧贴胸口
我那焦躁不安的心跳
也会瞬间停顿
原来　时间可以停止

昼夜　四季也会失去意义

你咿咿呀呀地开口
似乎向我索要什么
或者倾诉些什么
我突然需要如此的深沉去倾听你
我突然需要如此沉静地凝视你

久远的记忆中
高原上的湖泊
远处雪山皑皑
风会从湖面吹来　凉爽且温柔

那些松软的白云
会在天上　也会在湖里
阳光从云层射进来　湖水褶皱之处
金光闪闪

看到你　我就想起了
记忆中的湖泊
请让我　在今后的岁月里
唤你为纯净之湖

想念青稞

就在此刻
我想念青稞

高原的秋天熟了
远方金色的田地
青稞被收割
泥土重新裸露

我想念青稞
就像想念时光
想念一切残存的美景
想念一切辛苦的劳作
想念我祖先的遗骨

我想念青稞
如同想念故土
想念年河浑浊的流逝
想念宗山沉默的矗立
想念我幼童的梦呓

我想念青稞
如同裸露的泥土
再次想念丰满的谷物
如同枯萎的秋天
再次想念灼热的燃烧

我想念青稞
想念那些世世代代的灵魂

永远沉睡在田埂的深处

我想念青稞
想念那些朝朝暮暮的背影
永远忙碌于四季的轮回

此刻我想念青稞
高原的秋天熟了
远方的青稞也是
无始无终

这夜，留给我的兄弟

把这黑色的夜
留给我的兄弟
当做棉被
陪伴他那孤寂的灵魂

他从远方来
他告诉我那里的风
没有声音
他告诉我那里的云
没有影子
他告诉我那里
没有他人到过

把这黑色的夜
留给我的兄弟
当一把布伞
遮住他那脆弱的灵魂

他从远方来
他告诉我那里有酒
夜夜在流淌
他告诉我那里有情
处处在滋长
他告诉我那里
没有他人到过

把这黑色的夜
留给我的兄弟
留做纪念
填补他那空洞的灵魂

他从远方来
他告诉我那里
如同宇宙　没有边界

他告诉我那里
没有时间　无始无终
他告诉我
在那里　每个人
都会失去方向

把这黑色的夜
留给我的兄弟
就让他一个人远行
让这黑暗庇佑他

父亲

1.

父亲　看着我
似乎想说些什么
却又重新回到了
一种沉默
就像他一生坚守的品质

2.

嘈杂的电视机
滚动着人生百态
年老的父亲
倚靠着坚硬的沙发
静静地打盹
他　的确累了

3.

父亲　还是坚持下厨房

像以往我记忆里

所有的日子

父亲　还是坚持把我

当做孩子　静静地守护着

即便他已鬓如白雪

4.

父亲　开始喜欢

与旧人相聚

聊一聊过往岁月

共同拥有的人和事

就像他喜爱的连续剧

沉溺虚构与回忆

5.

父亲　偶尔也会
担心自己的身体
坚持到处走走逛逛
偶尔也会
与母亲吵个嘴
像个叛逆期的孩子

6.

父亲　走在路上
低着头　沉思着什么
他不再伟岸
甚至有些孤独
而我紧随其后
看到了自己的童年

故乡

1.

我知道　在记忆里
有座城
叫故乡

土黄色的城池与宫殿
土黄色的山脉与田地
土黄色的人和灵魂
还有那
遥远的河流
也有土黄的颜色

故乡　总是风尘仆仆

是谁告诉我
故乡　土黄色的风
来自远方

2.

故乡的冬天
比远方还冷
聚集着疼痛
和想要远离的欲望

总会在意想不到的地方
把眼泪结成冰
冬天的故乡结了冰
山脊结冰　河水结冰
风中吹动着　冰的寒冷

封冻了记忆
故乡是跨不去的彼岸
看的清晰
却无法抵达

远离的人总会远离
留下的人
在记忆的冬天里
逐渐变得冰冷

3.

故乡　也晴朗
奔跑的身影
温暖的阳光

幼小的心灵
还在纯净地
生长

如黑暗清澈如水
如初始温柔与风

故乡　紧缩在
荒凉的记忆中
生长

故乡　在那里
温暖　影影绰绰
像前世
是前世

4.

时间久了
能够触碰故乡的
剩下这满口的
碎碎言语

这些言语
幻化成了故土

一寸又一寸
清晰又模糊

这些言语
幻化成了故人
在生与亡的边界
熟悉又陌生

这些言语
幻化成了血肉
断断续续
生长且流动

时间久了　一张嘴
空气中的言语
是故乡
最后的喘息

青铜之城

风中奔跑的勇士
落日余晖下的宫殿
青色的山脉
沉默在遥远的雨水中

破碎的记忆重新构筑
最初的欲望和野性
岁月斑驳的青铜之城
我在暗色的风中
日光炸裂的笼罩之下
憧憬一切未来

粗糙且简单
形同素描的日子里
一切都在汹涌的成长
冬季的冰　秋季的麦穗
夏季的河流　春季的情欲

汹涌的雨水　贮满了
我的城
曼妙而恣意

后来　尘土飞扬
漫卷的风沙　席卷了时间
记忆开始坍塌
我在一个　日月同照的下午
离开了那个最初的
城　青铜之城

白银之城

机器轰鸣
在三千米的高处
我独自与
一片巨大而浓密的
无垢之云对话

那城　千年下着细雨
从未停止
夜有光的流动
枕边海在呜咽
白银之城镶嵌在初春的
紫薇花上

日子时多时少
没有聚焦　像散落的花瓣
潮湿的街道　潮湿的心
阴郁中　终究有些亢奋

携着长剑

固守着我的城

在不断徘徊和缠绵之间

命运完结了时间之战

终究要在一场

突如其来的大雨之中

背上岁月之行囊

和分不清今昔的思绪

独自踏上征程

身后退走的

是城　白银之城

黄金之城

那些高昂的雪山
像巨大的孤独
好似宇宙边缘微缩
紧促在灵魂之眼
晶粒成形的泪滴

稚拙的舞台开启人性的序幕
黑暗中闪耀金色的光芒
光芒的追寻　铸就黑暗
还是黑暗　需要光芒的洗礼
善念的疼痛
如同挣扎的猎物

日子漫长且浑噩
拉长的影子　摇曳如灯影
四面楚歌的疲惫
在梦多的夜里隐隐地袭来

黄金之城的光耀
使得双眼灼热　疼痛难堪

是彻底的堕落　还是涅槃
摇曳不定　当黄叶落下
秋风乍起　正在埋入干涩尘土的
我的理想　还是我的罪孽

那些偶然飘荡的霞光
照亮了这个城市最后的谢幕
黄昏近了　金色之芒
是最后的光　最后的城

那落寞的
黄金之城　一地鸡毛

如果你是一朵花

——致女儿

如果你是一朵花
亲爱的
我即是你扎根的土地
给予你最深厚的爱

如果你是一朵花
亲爱的
我即是你顶上的阳光
给予你最温暖的爱

如果你是一朵花
亲爱的
我即是你湿颊的细雨
给予你最舒心的爱

如果你是一朵花

亲爱的

我即是你拂面的微风

给予你最轻柔的爱

可是　亲爱的

如果你是一朵花

我也即会是狂风暴雨

灼热的阳光　甚至干裂的土地

想让你在最美的春天里

成为那一朵最璀璨而坚韧的花

因为　亲爱的

你永远盛开在我灵魂的最深处

悲悯之心

前世今生

那一天
您佝偻的背影蹒跚在前进路上
犹如我的前世
苍老却如此纯净

这一夜
在城市龇牙的欲望之街
我今生的躯体摇曳于红灯酒绿
迷醉却无所适从

前世今生
两行泪
一落心底　一入尘土

信仰

在高处
它亘古存在
如太阳
无需贴近　耀眼直射你的心底

在僻静的山谷中
它静默如初
如溪水
无需喧哗　沁润天生魂灵

应或无处不在
只要静静聆听
就能追寻他的踪影
那纯净的　谦卑的或威慑
你不净的皮囊
微微之光

他的月亮

——读仓央嘉措 1

为了抛去一切
我知道　他藏着一枚洁白的明月
像一枚神圣的胸章
紧紧贴在红袍下瘦弱的胸膛
也许年轻滚烫的血液
可以喂暖那古老冰冷的月光

为了沉思一切
我知道　他会站在高高的山坡
像一个落寞的诗人
悄悄地把那轮皎洁的明月
挂在头顶之上的无限苍穹
时而月缺　时而月圆

为了想念一切

我知道　他会向着东方深深地凝望

像一塑岁月的石雕

从远方的风里分别甜蜜的思念

好让时光忽暗忽明

使停滞的灵魂　偶然有些轻微的流动

为了忘却一切

我知道　他在深夜的梦里不安地翻动

像一潭无底的深渊

明眸皓齿的脸庞照成悲喜交加

促使生与死的界限

化成一束极快的闪电　昙花一现

是的　其实为了一切之后
穿过这幽暗的山（河）谷　和那些泛黄的诗章
城市突然灯火通明　车水马龙
最终他不见了
如同他的月亮
而我　孑然而立　在这夜的深处

青禾到枯槁

——读仓央嘉措 2

在钢筋水泥的美梦里
幻想永远欲壑难填的数字
碎读永远积极向上的鸡汤
猛饮永远模糊心智的美酒
突然身似枯槁　形如老弓

再也没有任何意外或者惊喜
发生在某个晴朗的早晨
忐忑却又期待
落寞的日子周而复始
沉默中一切可以猜想到
直至不断衰变和死亡

这不是梦　是泥潭
它让我感到恶心　它们也是
披着相似的面具　忙忙碌碌
把陈旧不堪的往事　咀嚼再咀嚼
喜于怒吼中寻找快感
在不幸中慰藉伤口
然后
一切原封不动地再次凝滞
只为等待下一次的欢宴

生动的言语掩盖不了真实的虚弱
表面的光鲜怎能遮住腐朽的味道

左右摇摆的姿态让人心生可怜
信念只是搁置在嘴上的呐喊

那样的夜里　日子都在衰老
暗淡的月光下　哪里还有远方
古老的诗章　在破败的屋角　被老鼠啃碎
睡着的梦里　各怀鬼胎

醒着的身体　在泛白的屏光中
继续幻想　碎读及豪饮
世界依旧寂寞　岁月早已疲惫
看了太多虚假的人间喜剧
灵魂却被真实地濒临抑郁

我那春末时的青禾啊
出生时的青禾啊
突然需要在这城市的森林里
向闪电一样破土而出
泥土纯真如同优美的音乐
重守我灵魂黑色的疆域

湖与面具

——读仓央嘉措 3

多年之前
你从湖边淡然离去
结束了一切

从此隐没在众生的世界
隔离于面具之外
灵魂挣脱枷锁
得到了大地般地自由
开始另一种宁静的重生

多年之后
所有落寞的地方
已然热闹非凡
野草向更远的远方疯长

飘荡在湖面之上的
依旧是各色面具
仓促地入场
潦草地结束

而你
留下的残篇诗语
在人聚人散的戏台上下
如同微风掠过的湖面
丝丝荡漾
终归沉寂

冬天

——读仓央嘉措 4

晨光中的冬天
无力如你踏雪的脚步
要轻轻扣响每一道
归来的门

昨夜隔如前生
留下了太多爱恨情仇
杯中的青稞之酿
浓烈地回荡在哪一个
世道轮回里

金顶红墙之处
是你的宿命
极目远望的山坡上
冬天里的雪　像你的心

苍茫却无处安放

你必须威严静坐
你感到异常可笑

在这漫长的冬季里
直穿你屋舍的
每一缕温暖的阳光
愿给你一丝慰藉

日薄西山　云往东
冬夜次第打开的街巷
哪一个孤独的背影
是你的诗章和歌谣

有个远方叫理塘

——读仓央嘉措 5

山坡之上有山坡
河水绵延着河水
冬去春回
洁白的仙鹤
从远方归来
理塘很远
也很近

当你低头的瞬间
远方逝去了意义

纯净的灵魂
真正渴望的
也许
仅是迎风的翅膀

你愿真实
却有如虚设

南方的门隅

——读仓央嘉措 6

从南面吹来的风里
有峡谷漫春的花香
从南面飘来的云中
有初夏山脊的融雪

临冬面南　阳光如泄
心怀悲悯　解众生之苦
秋入南巷　月影斑驳
孤身一人　藉空心一枚

南方的门隅　是苍翠的少年
在细雨中奔跑　流动　又驻足
明亮的双眸中　满是生命的欣喜
只是雨声渐大　身形渐远

南方的门隅　是妙龄的少女
在月光中轻舞　零落　又飞扬
脱去了尘土　寂静的心事无处可诉
只是思念如潮　光阴如水

南方的门隅　是你短住的客舍
最美的年华　相识了最美的人

南方的门隅　是你烛下的诗章
最美的灵魂　留下了最美的歌

童心未眠

——读仓央嘉措 7

花儿的春天
跌宕起伏
似从另一个世界
无声归来

碧色的玉锋
飞过漫卷的经书
寻找一个梦
关于童年
那颗未眠的心

有一座山
还有一条河
鲜草嫩绿
牛羊放歌

而你　笛声悠悠

走过的田埂
仰望的星空
密林深处
隐隐绰绰的笑声
都在童年的梦里
夜夜不休

其实你依然童心未眠
像一场不愿败落的
春天
倔强且淘气

羌玛啦

——读仓央嘉措 8

夜色在游荡
羌玛啦
请斟一杯青稞酒
让雪山之水
洗净　我
胸腔内潜藏的污垢

月儿在流浪
羌玛啦
请斟一杯青稞酒
让青稞之芒
刺破　我
喉咙中踌躇的沉默

星光在闪烁

羌玛啦

请斟一杯青稞酒

让酒曲之苦

唤醒 我

双眼中沉睡的思念

偎着这铁炉 干燥的牛粪

慢慢缭绕的蓝色火焰

如此的温暖 羌玛啦

请你再斟一杯青稞酒

也让那原野上的风

河谷中的花 远行的人

和满天的繁星
也感受到这火与酒的温暖

垫上黑色的氆氇之毯
铺开那漫长的命运之骰
在那之前　羌玛啦
请你再斟一杯青稞酒
唱首远方悠扬的酒歌
给予我金戈铁马的勇气
和肝胆相见的谋略
也祝福我　这夜不再寒冷

很快　东方的鱼肚将白
黑夜是短暂的混沌
羌玛啦
请再斟一杯青稞酒

很快　随那刺眼的光芒
这最后的执念也将失去
所以　羌玛啦
请给我再斟一杯青稞酒

遐想黑暗

——读仓央嘉措 9

你我把身体安放在
黑暗里
却祈求灵魂得到光的
照亮

你摊开一张白纸
漂亮的黑字
拟写关于暗和光的传说
如同创造自身

你曾感受过月夜
银光荡漾的宁静里
深感一切陌生
值得含泪相思

你也曾看见昼光下
如影随形的阴暗
彻悟世间万物
值得悲悯相惜

你如愿消失在高处
如一粒尘埃
只让窗外强烈的光照
随同你自由般的浮动

当黑暗失去光泽
混沌　苍白　甚至堕落

在时光中慢慢打开
而我从此更加迟钝

你面向东方
缄默不语
我困在光中
执迷不悟

终章

——读仓央嘉措 10

我遥望你的宫殿
现在高高的坡上
这夏季游人络绎不绝

我凝视过你的碧潭
潭上的野鸭与潭底的鱼
依然轻松自在地轮回

我已然拜读了你的诗
残存的那六十二篇
能感受你的悲悯
和这世间的荒唐与罪恶

来来去去的人流
刻满了岁月的沧桑

我不敢说这故事里
哪些是幸福　哪些是不幸

只是我能灵敏地透过这
欲盖弥彰的时间
听你说
看自己时昏暗的
看别人时明亮的

听你说
渡人容易
渡己难

听你再说
笑而不语　是无上的智慧

五色经幡

藏历初三
五色的经幡
在祈福中
再次与风同行

看着天晴日丽
一串颜色
从久远的年代
在不断重复的时光中
从未远离我们的生活

蓝天
白云
红日

绿水

黄土

一条线的世界

清晰可见

那是家园的温情

风起

五色经幡在吹

与神灵同在的

永远是纯净的自然

它们或（一种生命自带的希望）

它们尖锐地生长在
看似虚无飘渺的大地上
像秋天的青稞地
饱满　沉重
也像早春解冻的河水
冰冷　却不失渴望

它们也会流落到人群之中
像撕裂伤口中的一朵鲜花
娇艳欲滴

在虚妄的梦里
如同呓语　含糊不清
它们暗藏在我们
遥不可及的灵魂深处

它们　一路如此
缠绕在岁月的青藤上
点开无数生命的光环

哪怕在漆黑的夜里
也如光年之外的宇宙球体
苍茫之处闪跳不止

因为它们
我才由衷地喜爱
这虚实交错的天地
和这天地中生长的一切

也愿默默地承受
那些需要必经的苦痛

就算赤裸的面对
一切时间的终点
也愿勇往直前

仰视的那面山

只是因为那些
错落的城市房屋
阻挡了灵魂的视线
所以
仰视的那面山
好似
静坐在宽阔的空中

很多个夜里
它是安静的
巨大的沉默
会在我的脑际中沉淀

很多个白昼
它也是安静的
可以隐藏的密林已经远去
留下坚实裸露的

褐红或青色的石头表皮

光下　还在不断地破碎

这个城市

雨后　云雾缭绕山谷

而

高处空寂的山顶

总有落雪

单薄　且触及灵魂

朝圣者

我匍匐前行　叩拜远方

身下丈量的不仅是大地

还有时间

那风中的虔诚

是我留下的痕迹

我踏着晨光而行

枕着黑夜而栖

我对远方没有眷恋（秉持某种渴望）

我三叩一拜的行走

只为兑现生命的承诺

这蜿蜒且漫长的路

就像我盛满欲望

且枯燥无聊的一生

有时我久久伫立在天边

自然之美满足了我短暂的平静
有时我奋力抗争
风霜雨雪中　我如此焦躁不安

我走的很慢
或许我永远无法到达
一路上　有风驰而过的汽车
及车上各种异样的目光
我只是沉默不语

毕竟　生命的选择
掌控在无形的灵魂之中
你可以像大山般庄重
也可以如河水般灵动
可以在阳光下耀耀生辉

像肥皂泡的狂欢
也可以在黑夜里深深沉寂
如星空般璀璨

我选择朝圣
缓慢地行走在灵魂的边缘
不断地审视内心的黑暗

黑暗中滋生欲望之野兽
我是我自己的猎人

礼物

云是天空的礼物
四季是大地的礼物

风是远方的礼物
黑夜是白昼的礼物

神是恐惧的礼物
信仰是灵魂的礼物

孩子是父母的礼物
死亡是时间的礼物
(死亡是生命的礼物)

五色风马旗

1.

众神的舞池
映照着远古的海洋
白昼之火在燃烧
几千年如一日

无数次仰望
像是敬畏
乞求或者寻觅
然而　终究一无所获

2.

天上的羊群
是祖先遗忘的梦呓
在岁月叠嶂的山头
被风吹散又聚拢

轻盈的是泪
默默地滴落
飘散或者升腾
弥漫着浓重的思绪

3.

七匹马的宫殿
是七种色彩的谜语
浸透神山圣水
浸透每一株灵魂

一场古老的仪式
孕育了繁衍和进化
光线之下没有黑暗
黑暗之处没有沉浮

4.

流向远方的歌谣
代表着时间和永恒
没有停歇之意
没有方向　或者目的

沿途谷物丰盛
生命此起彼伏
陷于挣扎的尘埃
在夜里安静了下来

5.

一块古老宇宙的石头
和无数的石头
在空洞的黑暗中飘荡

寻找神话和预言

一杆杆五色的风马旗
插在山头　泥土和屋顶
还是要祈祷些什么
追寻或者向往些什么

一抹尘埃

也不知道从哪处
突然间漂浮
一抹尘埃
顺着黑暗　找到了
微弱的光源
像一条笔直的线
或者长河

一抹尘埃
得以显现真容
和无数个尘埃
一同游荡
光给了记忆
然而
没有目的和意义
仅仅只是漂浮

突然间却又远离

那一抹尘埃

失陷在无边的黑暗

永永远远

也许直到遇见

另一个光线

对它而言

那是否会是

漫长的无期

诗和远方

过客

我只是灯光迷离中的过客
触过杯子　也饮过酒
却不愿羡慕
杯子盛满酒的温柔与幸福

我只是遥远路途中的浪子
爬过山坡　也趟过河
却不想拥有
山水相伴的静谧和永恒

我只是生命轮回中的时段
来过世间　也度过生死
却不愿寻觅

前世今生的因果与真谛

因为　在匆忙的交替中
我只是时间的过客
或者过客身份的时间

囚徒

在每一个钢筋水泥构筑的梦里
储存着无限理想和短暂人生
而那向往自由的灵魂
却如囚徒等待死亡

看不到蓝天的清澈
闻不到泥土的芬芳
触不到情人的脸颊
更踏足不到
充满想象　魅力无限的远方

生命仅有一次
而我只是个囚徒

偶尔

在那些寂静下午
任随时光
在小小的游乐场里
我只是一个孩童
无忧无虑
老缺的身体
如同死亡
解脱在时间之外

在那些漆黑的夜里
行随心声
在灯火通明的街上
我只是个过客
随遇而安
黑暗的灵魂
如同罪行
有了救赎的借口

我

站在那里
我是光和暗的界限

走在路上
我是山与水的风景

白天
我是静默岁月的一颗棋子
夜里
我是浩瀚宇宙的一粒尘埃

我是一生
是天使　也是魔鬼

另一种理想

在阳光温暖的午后
看着森林不断疯长
那些原始的野兽
忘记了鸟语花香　深幽小溪
迷茫且又憔悴
行色匆匆的奔向　时光划下的深渊

偶尔独自的停滞
忘了自己也是那幽暗图景中的一点
只是不愿再如此的盲目
喜欢与老者闲谈　愿与幼童嬉戏
看年久失修的城堡
慢慢从它周围的景色中淡出

夜是漫长的　也是宁静的

温柔的灯光下　翻看书籍

是另一种理想，是一场事件的局外人

审视善恶的挣扎　或猜测真假的虚幻

无尽的欲望既是创造者也是毁灭者

窗外　一场迟来的雪

在初春的夜空中飘荡

愿人生只是一场修行，而并非追逐

光中的尘埃

光

在我互搓的手掌中晃荡
冬天依旧继续
还是那些熟悉的面孔
在同一间甜茶馆里
老的　少的　男的　女的
面庞每天都很相似
就像嘴上谈论的话题
陈旧而反复　不厌其烦

城

在所有人的躁动中醒来
街上的闹腾如同饥饿的胃
一碗藏面　一张饼
一壶甜茶　半丝阳光
在同一间甜茶馆里

想把这场最后的寒冷
打点送走　如同那些
破败的往事

心

无意间触落到未知的远方
那里或许什么都没有
除了风　陌生又熟悉
在同一个甜茶馆里
希望自己每天如此
感到静谧而又有些不安
就像这冬日晨光中
充满希冀的人们还是
有点瑟瑟发抖

冬

有人说这深藏的寒气
将要远行　归来初春的风
他们都在期待一个新的轮回
在同一个甜茶馆里
其实我与他们无异
都是光中的尘埃
等待的也许仅是落定的
那一刻

窗角的桂花树

就在窗边的角落
有棵安静的桂花树
在正午的阳光下
不动声色

数十个枝条
簇拥着它的主干
没有争吵
互不忌惮
只是安静地伸展

有些枝干在急速地老化
有些却在温润地生长
像世间一切繁衍
新旧更替

绿色的叶子

昭示欣欣向荣
像流畅的河水
绵延 而非喧嚣

偶尔一些叶子
也会透露颓废
发黄　像无数逝去的日子
能够记忆的
却寥寥无几

它就那样安静地
生长在琐碎的日常生活中
总是在不经意的瞬间
散发浓烈的馨香

那是它赋予
一场生命最好的礼物

夜雨

炎热过后
城市进入雨季
夜开始蔓延
雨也开始蔓延
它们似乎同时到达
这个古老的城市

喜欢这夜色里的雨
少了嘈杂和浮躁的雨
少了尘土和欲望的雨
安静地降临
独自的心绪可以完全
被它湿漉漉地浸淋

喜欢这夜色里的雨
在梦里可以一直延伸
直到遥远的雪山和草甸

甚至可以抵达灵魂的密林
安静地流泻
在天和地之间　像张飘带
被它密麻麻地填满

喜欢这夜色里的雨啊
随着晨光　忽然隐去
像只受伤的野兽　潮湿的伤口
只留下了浸润过的土地
草丛或者树叶
城市迎来白昼
而它消散在每一丝
彩色的温暖中

闪电

我站在窗口
目睹这七月的闪电
有些急促
也有些狂暴

远方黑色的天际
电闪雷鸣
一条条银色的
闪电
在黑暗的云层中
游动

像远古的神
惩罚罪恶与肮脏
或林中凶猛的野兽
撕碎欲望与血腥

我被那闪电刹那的耀眼击中
我被那刺破天穹的力量俘虏
我早该被唤醒
如同今晚

如同今晚　我早该被唤醒
从这自欺欺人的酣睡中唤醒
从这无法逃脱的黑夜中唤醒

这低处的窗口
这沉闷的夜雨
把一颗向往闪电的灵魂
囚困在焦躁与不安的世界

无题

造物主的东山
天际开始泛红
即将破碎的蛋壳
唤醒一切黑暗中的蠕动

秋末的晨光
羞涩而急促地打开
这个城市白昼的按钮
像黑暗的小屋
突然亮起的电灯

我们从黑夜里睡醒
有些仓皇　也不免彷徨
不愿说出的一切
秘密继续埋葬在昨夜的梦里

路上　显然没有停顿过
打理好的生活
随处在发生 节奏有条不紊
夜班的的士　继续流动

流动的还有　凌晨的朝圣者
爱护城市的清洁工
爱护身体的晨跑者
爱护孩子的父母　继续在送学路上奔流

我也变成了其中一员
像一些必经的路
必说的言语　必须做的事情
无力改变确定好的规则

比如让这秋末稍微暖和一些
比如让这晨光不要如此刺眼
比如让这早起的躁动
缓一些　慢一些　静一些

光（外三首）

有时　我很害怕光
它是一切侵略者的
自然雏形

女人

与其人后的叽叽喳喳
人前的浓妆艳抹
让我感到厚实而可爱

男人

锄在针尖上
绵绵的长线
永远应是你一切
矗立的勇气

朋友

夏天涌动的云里
总有你熟悉的身影
或暗或明

献给诗人

他们瘦弱的身躯
飘荡在风中

他们满怀相同的理想
却迷失在各自的尘世

他们与词语为伍
献给这世界最高贵的礼物

他们形色各异
却渲染了历史的每段时光

他们是山水　或花草树木
他们愿是世间任何物体

他们每天在人间问候
也相继在岁月中离去

吹捧（外三首）

风吹落叶自由飘荡
而我吹你翩翩起舞

久坐的危害

长大了　就有座位
至于屁股　久坐就会变大
变大的
有时还有脑袋

影子

影子随光
所以　愿你与光同行
丢失了影子
也就丢了灵魂

酒

一滴　是粮食精

一杯　是诗之魂

一瓶　是心中情

一箱　是魔之性

点滴人生

晚霞散后
夜开始渐渐
袭来
这平静如水的日子
校园道上的路灯
次第打开

白天的忙碌
也开始从身体深处
漫出
会有莫名的
慵懒
生活也可以如水坦荡

踱步在校园的小道上
看一看
无数次看过的教学楼
灯火通明
很多人的喜怒哀乐
闪闪烁烁　无人知晓

学术报告厅　鸦雀无声
心酸的努力
和努力过后生命力
随着话筒声在滋长和蔓延

从南方收到讯息
是稍迟的喜悦
划过指尖　想起了昨天
那些敢于付出的岁月和人

闪开手机上的短信
我知道有人还在工作

记得谁曾告诉我
点点滴滴胜过一切
包括走向死亡的生命
和因充实而喜悦的灵魂

一棵树的力量

那些天　我被一种情绪
撕裂成无数个鲜花
不断向内聚拢　父亲
依旧沉默不语　像一条
干枯的河流
夜深了就会呜咽

母亲还是时常出现
她的唠叨　依旧让我变得
更加烦躁　我知道
这一切一直都存在
因为某种牵连
在这个冬春交接的深处
秘密地滋长　相触
却又无声地弹开

爱得越深　弹得越远

我的确是被某种情绪
正在撕裂
似乎困在某个遥远的
下午　一直走不出来
应或是一个安排好的世界
是挣脱　从那些熟悉的
眼皮　话语　氛围　情境
和重复无聊的故事中
做出最后的逃脱

我独自一个人　出走
漫无目的
在一个偏僻的角落里

我看到一颗茁壮的无名树
崩裂了它的树围
残损的水泥散落在那里

原来　这样不安的撕裂
也是一种生命的力量

习惯

季节入夏
城市开始习惯
雨水的节奏

像我们要习惯
这样一座川流不息
虚实交叠的城市

如同要习惯光阴
无声消逝的慌张
如同要习惯尘埃
漂浮未落的焦虑

习惯　深夜的宿醉
灵魂却找不到
归向远方的路子
习惯　虚无的忙碌

真实的影子却在
夜色笼罩里消失

习惯一些追逐　像习惯风
凌乱你的心思
也习惯片刻的安宁
像被细雨淋湿　感受突然的
一丝顿悟

习惯夏日微雨的傍晚
与同日渐老去的父亲
携着无虑的女儿
散一场步　转一个圈

北上

北上的铁轨
一路延伸
从晨到晚
没有边际

车窗外
阴暗的天　闷热
还有　陌生大地上
陌生村庄
此起彼伏

我把自己打包
像场宿命
寄向了北方
那有一份承诺

那些黝黑的
单纯的　高原的脸
第一次远足
千里之外　定是忐忑
也有不安吧

翻看了一遍手机
北方又现疫情
疲惫的落日
深陷在广袤的土地上
正在隐去

北上　不能畏惧
其实该去要去
该来的也会来
生命除了日复一日
还应有些别的

为你写诗

光温和流泻在午后的窗外
歌的悠扬加重了对你的思念
很想为你写诗
在这样的午后
或许你我曾擦间而过

叶在秋色里与风相遇
完成它最美的瞬间
我在等待中与你相遇
成就此时的幸福

很想为你写诗
却不知从何开始
我们的相遇与时间无关

是记忆制造的前世与梦
像首天定的曲乐

很想为你写诗
这午后注定的缘
深深刻入未来的日子
在秒针蹦跳的空间
爱应平静如水

很想为你写诗
相遇的第五个季节里
在那美丽拱桥之上
与你轻轻相视

很想为你写诗
望着湛蓝的天空
觅你的影子
嗅着细细的微风
听你的话语

很想为你写诗
因为心告诉我
那远走的是我的背影

如果爱

如果生命仅存一点光芒

我愿继续点亮黑暗的前方

如果爱情仅存一滴温暖

我愿继续赋予它诗意的美

如果云还未动　风依稀在吹

如果星还在耀　夜已然铺开

我愿将思念依旧放飞在你的窗前

化为你梦中的精灵

如果你还在爱　伤还未退却

如果你还在念　爱依旧强烈

我愿将自己化为千年的岩石

矗立在你每一世必经的路上

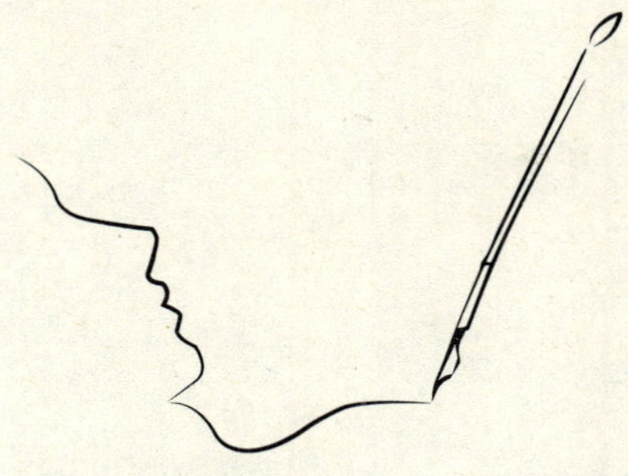

灵魂呓语

距离

关于时间　距离是记忆中过往零碎的温暖

关于空间　距离是灵魂存续的远方和诗

关于情谊　距离是人性流失的救赎和失去的悔恨

关于生活　距离是欲望无法填满的沟渠和追逐

关于你我　和这个世界距离仅为一米或一个世纪

不能触及　或近或远　摇摇欲坠　却坚挺前进

是融不进的无奈和挣扎

也是不欲相触的保留和抵抗

距离　有时像抬头的阳光

有时　更像俯身后的黑影

陈旧的皮夹克

自从穿上那看似光鲜
实则陈旧多年的皮夹克
身上的温度时高时低
还要面对那漫长的冬季到来
诗意开始消散　抑郁在生长

是的　在秋后的林子里
脱落的是最后的念想
灵魂渐黄　梦在沉陷
剩下的只有枯枝　那是欲望的寂寞
是的　也只有沉默的石头
组成最后的防线
抵抗或者投降
那得是怎样的战场

寒冷　夜以继日的逼近
会把流水冻在时间的空格里

会让风沙卷走世间的温度
直至　一切冰冷如初
似乎从未开始　混沌依稀
是的　也只因那春雨酿的酒
杯中无色　却惹人纷飞
依旧香甜依旧浓
轮回的希冀　相信依然在远方

是的　陈旧的皮夹克
固然不再鲜亮　甚至慢慢褪色
只是最纯的信仰
相信温暖多余寒气
相信春暖花会开
勇气随时光增长

小确幸

没有隆重的仪式　秋冬纷至沓来
有人防不胜防　在古老的城市里
打着没有节奏的喷嚏
有人望着满地的黄叶　表情沉默
更多的人　无序的奔波
也没有任何心思感受季节的变化

其实空虚里潜藏着生命的喜悦
悲凉中透着人性的光辉
活着并非只是简单的借口
更不应该是无尽的追逐和
厚此薄彼的炫耀

听说远方的青稞熟了　黑色的土地放下包袱
重新有了最初的童颜
听说春雪燃尽了孤独的山岗　在阳光中熠熠生辉
变得更加真实厚重

也听说更多生命　潜藏于大地　或者成群
飞向夏暖的南方
我们所见的自然　在时间的轮回中
无声不灭
而那些微妙的情感　其实未曾心间离开
会想念远方的恋人　会痴爱于膝下的儿女
也会因生活中的小确幸
感受到生命的温暖和力量

是的　在这个寒冷突袭的下午
目望西山　晚霞很美
拉长的何止是孤独
还有孤独背后的那份喜悦

晚餐后的散步

晚餐后的一场散步中
枯败的树枝上
簇拥着几十只
冬天里的麻雀
没有欢喜　自然而静默

小时候　习以为常的景色
今天却异常耐人寻味
这些鸟儿已经没有飞翔的姿态
蜷缩着身躯　目光呆滞
在落脚的枯枝上
酝酿着各自的孤独

生命的旅程千奇百怪
但终究摆脱不掉如此的萧瑟
是沉淀　还是无动于衷的空寂

意义终究没有意义

冬天　树和麻雀
固守着各自的疼痛　互相依偎

风吹过　夹杂着最后的几片落叶
在那碎石撮成的小路上
一场散步正走向结尾

我独自望着这些枯树上的麻雀
想起遥远的　此时的　甚至未来的
那些空旷的冬天

老狗

酒也许还在胃的深处　跳动着原始的疯狂
头有些轻微的疼痛　只是为了否定一切
没在关心粮食和马匹　没有关心面朝大海
没在关心春暖花开　也不愿关心诗歌和诗人的死亡

每一天　太阳升起的时候　我要提醒自己
自己是谁　从而重新认识这世间的一切
他们都说这城市非常古老　陈旧而潮湿
而对我而言　它崭新的犹如新生婴儿的啼哭
有陌生的悲凉　未知的恐惧　兴许还有别的什么
而我　日复一日的晃荡　时光依然孤独　城市更加单调

我拖着身躯穿过城市的一条巷子　漫无目地
街角卖肉的壮汉　拿着清亮的刀子　对我虎视眈眈
有时　我却沉溺于这种感觉
犹如看到冬天的闪电　正在击穿我的每一个囊孔
把虚伪　谎言　腐朽　黑暗　荒唐的人生化为雪

化的晶莹剔透　化的纯白无暇

偶而也会学着沉醉　懒散地躺在某个街角
接近土地　风和阳光　但一切徒劳无功
当黑暗笼罩大地时　我要去慰藉我的欲望
跟着那些踉跄的醉鬼
听听爱情　诗歌和酒的传说
满怀希冀　又急不可耐舔着他们满目疮痍的伤口
疼痛全袭来　渐渐地　直至次日天明　直至忘记自己

甜茶

一磅两磅三磅
一年两年三年

从开始的无意
到此时的沦陷

看似甜蜜的情绪
其实早已涩涩无味

不喝　是对生活的拒绝
喝了　即是背叛于灵魂

在一首歌里

我相信自己一直在一首歌里
没有挣扎　却有起伏
只是等待　每个音符
正确的　纯粹的　甚者有点个性

我看见世间的河
从高往下流
聚成湖应或是瀑布

甚至　我想寻见山的脉络
从海的平面
如何叠加　变成神的礼物

我不知道　是否去信仰
那无畏的时间

拉近是现实
拉远是命运

是的　我有些陶醉
一切在流逝而去
随着塞着耳朵的音乐
空荡的行驶中
潜入　孤寂　幸福　又泯灭

我相信自己一直在一首歌里
欢快的　或者忧伤

心燥

心燥　是一种病
正在吞噬这可怜的生命
张贴广告　寻医求治
大家行色匆匆　比我火冒三丈
无人搭理　可怜那张求医广告
最终散落在岁月的阴暗之角

功夫不负有心人　终得一人
问病寻诊　让我忐忑不安
只因他嘴上　迷人的微笑
有些不能言语的龌龊
断然扑灭了
重归静如止水的理想
也许
他比我病的严重

其实　在大街上
裹着阳光
叫卖心灵鸡汤的贩子
四处招摇
他们有个特点
声音洪亮　能说会道

让我踌躇不前　将信将疑
忍不住诱惑　抿了一口
且让我的心浮气躁　日渐严重
最后　安于陋室　闭门思过

屋内的绿竹　青涩之頭
有些泛黄　看似更加炫丽
思虑过后　这病不能根除
不然我将病的
更加意外而且严重

一只猫咪的九条命

那是间吃早餐的狭长空间
我点上包子，油条和豆浆
一只猫咪　穿过多张桌底
来到我的胯下　凄迷地惨叫

我从残羹中　丢下了一块怜悯
它突然跳到我的膝上
眼神更加凄迷　把我带入一场幻境
这猫确实经历了八次死亡

贪婪　背叛　殉情　饥饿
病痛　好奇　自尊　孤傲
而这最后一次
它将勇敢地承受
漫长时光中的旅行
从这条街区到那条街区
从这个城市到那个城市

从这个世界到那个世界

带着它的九个太阳

带着它的九个打盹的瞬间

也带着它满腔的热血

熟悉的死亡　和荒凉的灵魂

爱情

停在南方夏末的雨中
黑色的伞　孤独各自走散

一万米的高空
还在不断起升
缺氧的高度
记忆渐渐淡漠

云和石头
组成熟悉的故乡
坚守和疑惑的时光里
黄灿灿的油菜花
已经开了几个春天

爱情再次不期而遇
出现在高原入夜的星空下
撅着少女的唇

挡在我回家的路上

也许冥冥定有安排
命运之神悄然眷顾了我
收回最后承诺
牵上一直温暖的手

从夏末走进秋冬
走进丰满的青稞地里
走进另一道时光隧道
从此心无旁骛

病痛

从身体的某处
突然崩裂
像一切宇宙灾难
生灵涂炭
却能唤醒记忆深处
欣欣向荣的　绿色与渴望

我在医院白色廊道里
重新审视这躯体
五脏六腑的日常行为
病痛时才会历历在目

其实记忆从幼年起航
隔三差五的年轮
身体惨遭这样那样的伤害
从未间断　如这世间的战争

灾荒　疫情或者金融危机

当然　也有与灵魂对峙的境遇
死亡在走廊尽头
与一个冬季的大雪
一同到来
让我瑟瑟发抖

那些日子　无数次
我气喘吁吁地徘徊在
各种医疗器械间
我惊恐万分地烧醒于
凌晨的睡梦中
我万般无奈地浸泡在
瓶瓶罐罐的药物里

病痛的日子　是鲜亮的
像父母满眼晶莹剔透的泪水
像等待死亡的大雪偶然照亮
像我惨白的脸突然出现在
黑暗里

梦到老虎

是一场梦
梦里　有人饲养老虎
在白昼的大街上

它们群居在一起
有些似乎正在撕扯
口中的食物
而有些正在虎视眈眈地
凝望着黑压压
游动的人群

梦里
我正游走在人群的
边缘
夜很快笼罩大地
我蜷缩在不知时间

与地点的角落

吃人的老虎
趁着白色的月光
到处寻找食物
我看见　一只巨型猫科动物的
黑影慢悠悠地
从我身边掠过

在梦里　我在极大的恐惧中
亦然感到无比庆幸
我颤抖的灵魂　从梦中惊醒
其实这世上一直有老虎
他们一直游弋在身边
我们一直在畏惧　一直在畏惧

一个悲观主义者的未来遐想

不久　这蓝色的星球就会变暗
太阳的光会挡在厚厚云层之外

不久　夏天会越来越热
冬天会越来越冷　四季沦为两季

不久　千年的冰雪溶解
河流中断　海洋更加波涛汹涌

不久　除了虫类　甚至更小的菌类
森林无声　鸟儿绝迹于天空

不久　我们不再拥有关于昼夜的记忆
星空永远遮蔽　再也无需抬头

不久　你我不再相识
我们只是机器世界　荧屏后面的代码

过眼云烟

一切只是时间的问题
都会过眼云烟
就像眼前这条热闹的小巷
和飘忽不定的音乐

很多次　都会过眼云烟
那些并不愉快的谈话
和张牙舞爪的表情
只是记忆
把每一次的跳跃
打入更加黑暗的深渊
加深疼痛　加深恐惧

害怕　真的会一切过眼云烟
如履薄冰的人生
在躲躲藏藏的游戏中
显的更加经不起　敲碎和打理

孤单的孩子

走过呓语　稚嫩和纯真

开始背负坚强

但那路一直沙漠孤烟

没有尽头

手机里什么都有

手机里有你繁忙的白昼
手机里有你憔悴的夜晚

手机里有你鬓白的父亲
也有你褶皱不堪的母亲
也许手机里还有你空寂的爱人
以及无人管教的幼子

手机里有你的寂寞　你的愤怒
你的嫉妒　还有你无限膨胀的虚荣
手机里有一道门　通向你的王国
黑暗而孤傲

你手持利剑　开疆扩土
痛饮敌人的鲜血
让你变得疯狂而无敌
手机里有你的灵魂

镶嵌在欲望的心脏

手机里还会有你的恍惚　自卑与慌张
手机里会有你的分裂　甚至破坏
手机里会有你衰败的身体
和日渐空洞的灵魂

手机里有一座孤坟
在夜的风中
屏光闪闪

关于梦的记录

1.

我的脸
受到沉重疲惫的折磨
半张陷在睡梦里
半张还在挣扎

我手握方向盘
眼前之路　只有黑暗
我的朋友
撕心裂肺的叫喊
来自左面的副驾上

2.

追逐一种美丽
在黑暗的深处
我的左手在袖口里
无法自由伸出

周围总有熟悉的面孔
突然间却变得特别陌生
好像从来就
我只是孤身一人

3.

我确定
梦里见到了一些人
应该是陌生的
面对时却那样自然

我也确定
梦里发生了一些事
应该是虚构的
细节却无可挑剔

其实　现实里

有些感觉

也如此不够真实

4.

一声斥责

在梦里

打开黑色的天空

一道闪电

惊动了恐惧

其实我知道

只是掩盖了

那隆冬的谎言

此时　发芽

变成了孱弱的

初春

傍晚的易拉罐

傍晚
光线有些昏暗
路边一只易拉罐
被我不小心触碰

顿时引起一阵喧嚣
在风中
“喳唧唧”地响
像内心的骚动

我想到了一些人和事
浮躁而喧嚣
他们不屑于隐藏
拼命地裸露
招摇市井
到处起鼓呐喊

他们害怕沉稳
过于漫长
不断变换地点
行色匆匆
他们害怕泄露
那些可怕的秘密

身后是一群孩子
轮流踢着
那个轻浮的易拉罐
不停地响彻
盖满了这个
昏昏暗暗的傍晚

吃羊肉

过年时
朋友送来一头整羊
看那无首的蹲姿
我苦思许久
应该如何祭奠
它的解脱

晾在冬日
三九的寒冷里
吹干成风中
摇晃的记忆

或者　拿起大刀小刀
弄成七零八落
把那与生俱来的膻味
化成酒后的呢喃

还是在热腾的铝锅里
一切时间和景象
化为虚有
有如天地间的
一缕青烟

不管如何
这只羊
充满故事

买菜

一个年老的四川女人
守着她的日夜与四季
买菜的人每天络绎不绝
零零碎碎　精打细算
在她的摊前　守着人生的底线

左看右瞧　东摸西翻
犹如昨日　不过只是青菜
土豆　青椒　黄瓜　西红柿
日复一日地买菜
还需沉思良久　像场战争

买菜　没有太多的选择
原料不过只是摊前这些品种
我们惯于折腾　给予生活意义
烹煮炒烤煎　酸甜苦辣咸

这个卖菜的四川女人
和菜摊前买菜的这些人
守着人生的底线
在折腾中获取活着的
平凡意义

醒来

注定在这样的冬日里
虽然阳光温暖依旧
但不能远足
城市变的慌张且拘谨

似乎掐好时日的瘟疫
如影随形地蔓延
灵魂的灾难　正在
同样造就身体的灾难

春雷滚滚　秋风飒飒
冬雪飘飘　夏雨绵绵
在轮回的四季里
我们埋下了多少祸根

祖先的骨骼和语言
被我们遗忘

自然的怜悯和慈悲
被我们漠视
如同死神的我们
被我们打造

缺失敬畏的年月
欲望终究会打破宁静
就像光影穿破黑暗般
不堪一击

这个冬日会过去
一切岁月和罪恶
模糊成记忆
这个冬日也会醒来
因为记忆和我们
不堪一击

虚弱的记忆

的确　应该是开春了
天气回暖
我把自己晾在紫外线下
属于高原的
晴空万里　打开天空一样
打开记忆

蔚蓝背后是漆黑的空洞
嘈杂背后其实没有真实

记忆里的我
是如此的虚弱
这虚弱　让我的思绪
一动不动

阳光底下

身后黑色的影子

牵绊着我

一动不动

这谎言般的记忆

一动不动

干脆一点多好

比起这似有似无地
五一假期
拉萨的夏日来的干脆
而果敢
厚重而低压的云
和一场安静的夜雨

结束了冬春
分不清彼此的
那点缠绵

犹犹豫豫地走过的
季节
就像犹犹豫豫的人生

和那些晃荡在眼前的
扭扭捏捏的事件
让人抓狂

有时
希望季节和是非
来的浓烈一些
而且更加干脆

水烟

就那么一瞬间
在水烟弥漫的
朦胧雾气中
我自行陶醉

对着烟嘴大口吸允
不断尝试各种味道　薄荷　香草
或者紫葡萄

每一个　都是人生某种假设
可是不能解去
那深陷骨子里的烟瘾
怅然若失的孤独
依旧寂静荡漾

后来在北上的高铁里

突然明白

这周围的一切

就是那虚幻的水烟趴

我们制造意义　并沉迷于此

因为灵魂

没有解救的灵药

记一场感冒

一场突如其来的感冒
把我彻底沦陷
我知道　这是一次大自然的灾难
毫无征兆　但只限于我
是某种意识不到的惩罚

我躺在床上
梦里干燥　且潮湿
脑袋里热浪翻滚
我感觉　我眼眸里清澈的湖水在干枯
我茂密头顶上的森林所剩无几
我颅腔里晶莹的雪山、冰川在消融
我血管里纯净的流动
越多地夹杂着各种污秽　停停顿顿
我喉咙的深处　正在爆发一场火山
撕裂我的声腔

我鼻孔深入的毛细中
酝酿着一场龙卷风　或者一场沙尘暴

我知道　我身上
多样生物正在骤减
我知道　这个与它们
共生的身体被我正在推向边缘

梦被飙升的体温惊醒
被这场感冒俘虏的身体
沉重且无力
黄黄绿绿的药
贪了一口　再次眯了下去
我知道　如果不醒
这场感冒　还会再来

后 记

自小喜欢阅读，记得小时候，生活的县城只有一个20平米大的新华书店，那便是我经常要光顾的地方，平时积攒的零花钱，也大部分花在了买书上。对文字的迷恋，应该也是从那一刻开始的。

后来，到南方读大学，更因与自己所学中文专业的关系，能够大量接触到古今中外名家名作，喜欢唐诗宋词，也喜欢现当代诗歌，比如海子、食指、顾城等等，但是接触到的外国诗人还是比较少（主要原因是靠译作阅读，感受不到原始语言的魅力）；同时，也大量阅读中国现当代作家的小说，阅读一些传统西方作家的作品，比如雨果、福楼拜、狄更斯和卡夫卡等。毕业之后，阅读成为一种根深蒂固的习惯。工作之余读马尔克斯、读村上春树、读余华、阿来、次仁罗布、南翔等等，也读古今名人传记，读社会文化类书籍，这种漫无目的的阅读，带给我的不仅是一种时空交错的愉悦感，同时也引发我对生命的思索。

更直接地讲，纯粹的原始写作，其实是阅读带来的。自大学开始，多多少少写一点东西，既是作为中文专业学生的“习作”，更是一种意识的发泄。期间部分作品，有幸发表到相关杂志上，同时受到当时师范学院中文系南翔老师等的鼓励，毕业之后也受到时任《西藏文学》主编次仁罗布老师的帮助，这些都起到了极大地助推作用，使我自己能够一直坚持写一些东西，直到今天。

这本诗集是我用近七八年时间陆陆续续写成的，有些零散，也有些自我，起先我给自己这本诗集起名为“写给自己的诗”，因为我自己一直认为，诗歌具备灵魂自我疗愈的功能，一定层面上，诗歌是私人的，是自己与自己的对话。

这本诗集的出版，感谢自治区党委宣传部，有幸得到了文艺扶持项目的支持。感谢我自己目前所在单位即西藏职业技术学院及相关领导，在创作、项目申报及出版期间给予的帮助和支持。同时，感谢南翔老师为我这本薄薄的诗集写序，感谢自治区党委宣传部曲措女士、西藏大学益西旦增副教授、拉萨师范高等专科学校洛桑更才老师等的帮助和支持。

这本诗集的出版，算是圆了自己一份长久的心愿，也希望这是一次新的旅程的开始，在漫无目的的阅读和写作的世界中，自己能够走的更加坦荡，更加宽广，更加具备力量。

2021 年 4 月 30 日

拉萨西郊